吉田房子詩集

お父さんの心の庭

―夫として　父として―

序詩

お父さん

お父さんは　心に
広い庭をもっている
いつでも　おだやかで
だれにも　やさしくできる庭

もくじ

Ⅱ　いのちがあるから

絵・阿見みどり

I　お父さん

お父さんの心の庭

お父さんは
自然が好き
植物が好き
家の庭で
山野草を育て
みんなだいじに愛してる

お父さんは
思いきり走れる
グランドが好き
お父さんの庭は広い
スポーツマンシップであふれてる

お父さんの心

ある日
お父さんは言った
お母さんの心は自由だよ
だれのことを考えていても
けっして束縛しないから

私は考えた
お父さんも
自由に

のびのびと　生きて欲しいと
大らかに構えた二人に
問題は起きなかった

スポーツが心をつないで

他所《よそ》から転入して
知らない人の中に入った夫は
ソフトボールの仲間に入った

スポーツマンの夫は
進んでよく出かけた
日曜日など試合に行き
勝ったり負けたりしながら
地元の人に馴染んで

友だちがたくさんできた
盆おどりやダンスなども
進んで参加した

スポーツへの参加は
オリンピックのように
みんなの心を結んで
あたたかい輪をつくった

小さな庭園をつくって

お父さんは
さして広くもない宅地に
日本庭園をつくった

庭の中心に
火山の黒ぼくで築山をつくり
石の間から水を流して滝にした
池をつくって金魚を飼い
睡蓮を咲かせた

最初　無駄なことを　と思ったが
お父さんの笑顔とともに楽しんできた

山野草

〝イワシャジンが咲いた〟と
お父さんが喜んでいる

去年の夏
野の花公園で求めた
石付きのシャジン

天気や気温に合わせて
日向に出し　日陰に入れ

水に肥料にと心がけ
何とか花を見ることができた

黒ぼくの間から　細く伸びた茎に
つり鐘型の　うすむらさきの花が
かわいく　ついている

お父さんは晴れ着の娘を撮るように
目を細めながら
カメラに　おさめている

緋めだかを育てて

愛犬がいなくなり
自分たちの年齢を考えると
もう生き物は飼えない

今いるのは
玄関の前の水がめの中に
緋めだかが二十匹ほど
水面に　ほてい葵が浮いている

よく見たら　ほてい葵の根に
小さい卵が産みつけてある

お父さんは
時々のぞいて
小さい卵に希望を　ふくらませている

小鳥の餌台に

お父さんは
公民館の公職を辞め
いろいろなクラブも
すっかり辞めた

身軽になったので
これからの楽しみは
花と小鳥にしているらしく
野鳥の餌台をつくる材料を

買ってきた

今　家の庭は花盛り
いろいろな小鳥が遊びに来て
花の芯などついばんでいる

お父さんは小鳥の名前を
よく知っている
餌台をつくったら
小鳥たちと
もっと仲よしになれるだろう

蝋《ろう》梅《ばい》

過ぎし日の正月
ささいなことで
夫に反発した

その時夫が言った
長瀞《ながとろ》の蝋梅を見に行こう　と
気が進まなかったが同意した

家から車で約一時間

小さな山をケーブルカーで登ると
そこは一面　蝋梅の山

頂上の茶屋で
甘酒を飲んだ

体も心も温かくなって
帰りは話しながら
歩いて下りた

紅　梅

春の声を聞いて
紅梅の花が　ぽつぽつ　開きはじめた

お父さんが縁日で買った
鉢植えの紅梅
地植えにしたら
たちまち大きくなり
前からあった　庭木の梅に
追いついてしまいそう

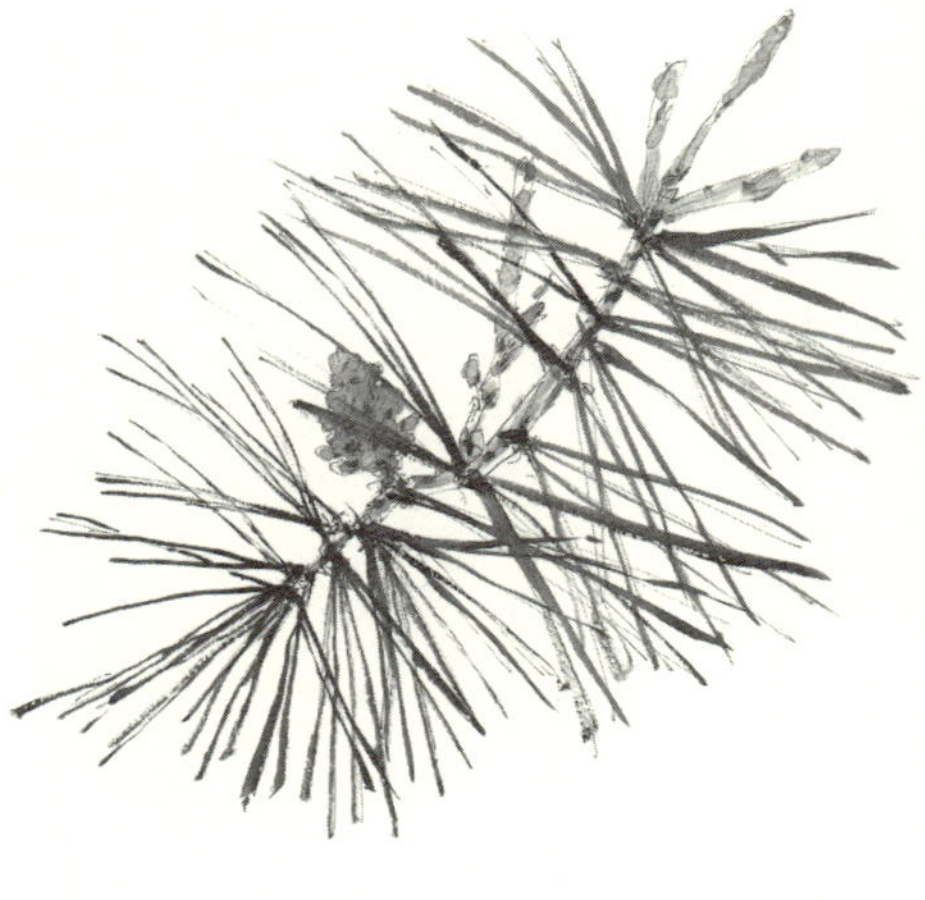

不思議なことに
色も形もよく似ていて
まるで姉妹のよう

相生いの松に
より添って咲く紅梅
松の緑をいっそう
引き立てている

牡丹《ぼたん》と共に

夫の月給
一万円の時代に
一株五百円の
牡丹の苗を買って来て
びっくりした

昭和三十年代のはじめ頃
共働きしていても
大きな買い物だった

牡丹は子供たちの成長とともに
どんどん大きくなって
春のゴールデンウイークの頃は
いつも牡丹の花が庭を飾った
盛りの時は
四十個も咲いた

今牡丹は私たちと一緒に老いて
今年芽を出したのは一本だけ

二輪草

毎年桃の木の近くに芽生えて
二人づれの
かわいい花を咲かせた二輪草

今年は出ないと
山野草の会に入っている夫はがっかり

そう言えば
去年の秋　除草剤をまいた

あの時
私がうっかり
枯らしてしまったらしい

ある日
こっそり
二輪草の鉢植えを買って来て
元の所に植えて置いた

彼岸花は赤

今年も彼岸花が
燃えるような赤で
庭を飾っている

毎年のように
赤の近くに
白やピンクの種を植えるが
葉は出ても　花は咲かない

庭の土に合わないのか
よく育った　ためしがない

今年も
彼岸花は赤だけ
他の色は一つも咲かない

お父さんが
彼岸花は赤が似合うよ
赤だけにしようと言った

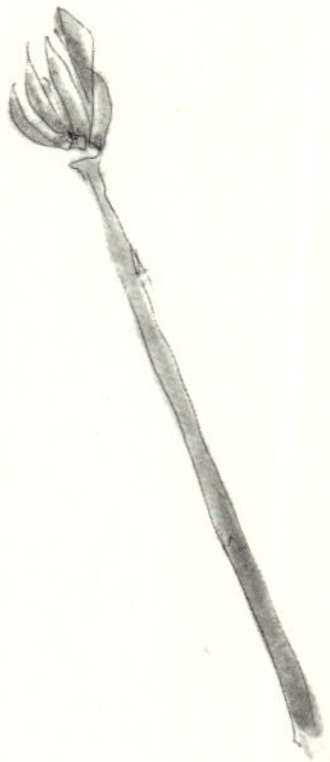

古代蓮の里で

友人と古代蓮の里をたずねた
建設工事の時　偶然出土
自然発芽したという

千四百年から三千年前の古い種の命が
今あることにびっくり
ピンクの花にしばし　うっとりする

一面に咲いている蓮の花に

ふと蓮の花咲く浄土を思う

蓮の花は昔から
ほとけさまの花として大事にした

去年この世から旅立った
お父さん
無事に着いて
今頃蓮池のほとりで
くつろいでいるだろうか

紅唐子《べにからこ》

夫の実家にあった
椿の花の枝を
もらって挿し木にした

四、五年たって花をつけた
雄しべが小さい花弁になって
真ん中に集った珍しい花
何という名か知らないで
毎年見ていた……

偶然ある雑誌から
京都の有名な寺で
市の天然記念物に指定されている
〝紅唐子〟という名の椿とわかった
そこの椿は一年に一度
一般公開されている名花だと

それにしても　一体どうして
同じ椿が夫の家に植えてあったのだろう

進学

人間は人並みが一番と
夫は言う
無理せずに
行けるところでいいさ

人間はあきらめが　大事だと
夫は言う
かえるの子はかえる
欲ばるなよ　おぬし

楽しかったかい

今まで楽しかったかい

うん楽しかったよ

そのことを一つ二つ
言ってみな

そうね
子供が小さいとき

遊園地で遊んだとき

そうか

その次とは言わなかった
時々単発の質問をするお父さん
心の庭に過ぎし日を拡げて
一生の反省をしているようだ

愛の一喝《かつ》

病院に入院している
父親を見舞った
息子夫婦に
突然　雷が落ちた

〝いいか　嫁さんを
大事にするんだぞ
そうしないと許さないからな〟

びっくりした二人

今までお父さんが大声で
叱ったことはなかった

嫁への感謝と息子への戒め
遺言とも言えるような
一生一度の愛の一喝
息子にとって
生涯の教訓になったことだろう

夫の見立て

同窓会や特別の外出のときなど
何を着ていくか　よく迷う

自分で決められないとき
いくつかの服を出して
夫に見立てを頼む

着て見なければ
わからないというから

あれこれ　着ては
夫の前に立って見せる
女の服はわからないと思うが
夫はおしゃれ

適当に言ってもらうと
何となく安心して
着ていける

二人で　たしかめたのに

収穫した　キウイフルーツを
熟させるために
りんごと共に
発泡スチロールの箱に入れた

その箱の置き場所を
忘れないように
夫と二人でしまった

しばらくして
そろそろキウイが熟したかなという頃
あれどこへやったっけ
どちらも　思い出せない

困ったねえ
困ったなあ
どっちか
思い出せないかなあ

発声練習しながら

高齢になり
声がかすれてきた
夫と散歩しながら
以前テレビで見た
発声練習をやってみる

高音は
犬の遠吠え
ワーン　ワーン　ワーン

ワーン　ワーン　と長くのばす

低音は
山羊の声
メエー　メエー
メエー　メエー

あたりは一面　麦畑
犬と山羊の声
聞いているのは　蛙だけかな

宝くじ

書き上がった詩を
夫に見てもらう
今は　方向も時間もわからないが
字は読める

一応目を通した夫
評価は

お母ちゃんは　すごいね

たいしたものだよ
宝くじは当たらなかったが
女房は当てたよ　だって
べた誉めされ
介護に精を出す

十人に一人の傑物

認知症の夫に付き添って
物忘れ外来に通院している

この間　診察の先生に
夫は一人言をいう時
いつも楽しい話や
人を誉めるような事を言うと
話したら

先生が　それは珍しい
そういう人は十人に一人ですね
大体そういう病気の人は
怒ったり　悪口言う人が多い
と　話してくれた

家で娘にそれを伝えると
お母さんも宝くじ当てたようだ
そういう人にめぐり会ってよかった
だって

手紙

簞笥の中に
手紙のいっぱい入った
風呂敷包みがある

知り合ってから
結婚するまでの六年間の
彼からの手紙

家庭に電話がなかった時代

通信はもっぱら手紙だけだった

あれから幾年月
今酸素マスクと点滴の中で
余命を数える日々

彼の旅立ちを見送ったら
あの包みをほどいて
じっくりと読み返したい

主役はお父さん

いいお父さんだったから
きれいに送りたいと
子どもたちは言った

私は内心
結婚式なら　当人たちが見て喜ぶけれど
いくら祭壇飾っても見えないだろう　と
亡き人に不遜な考えをしてしまった

娘から　お金を出すからと言われ
ほどほどでいいと思っていた
祭壇のランクを上げた

親戚や友人の献花も加わって
祭壇は華やかになった

私は夫を亡き人と思っていたが
主役は夫だと気づいた
たくさんの花に囲まれて笑顔で旅立った

院長室のひととき

息子の歯科医院へ行く時
予約はいつも十一時半に取る
自分の治療が終ると
午前の仕事が終るまで
院長室で待っている

息子の部屋を見ると
テーブルの上に
父親の遺影がある

そばに
〝おやじ　おれも　頑張るからな〟
と書いてある

父親が居なくなって
めっきりやさしくなった息子
〝おふくろ長生きしてくれよ〟
なんて　言ったりして

Ⅱ　いのちがあるから

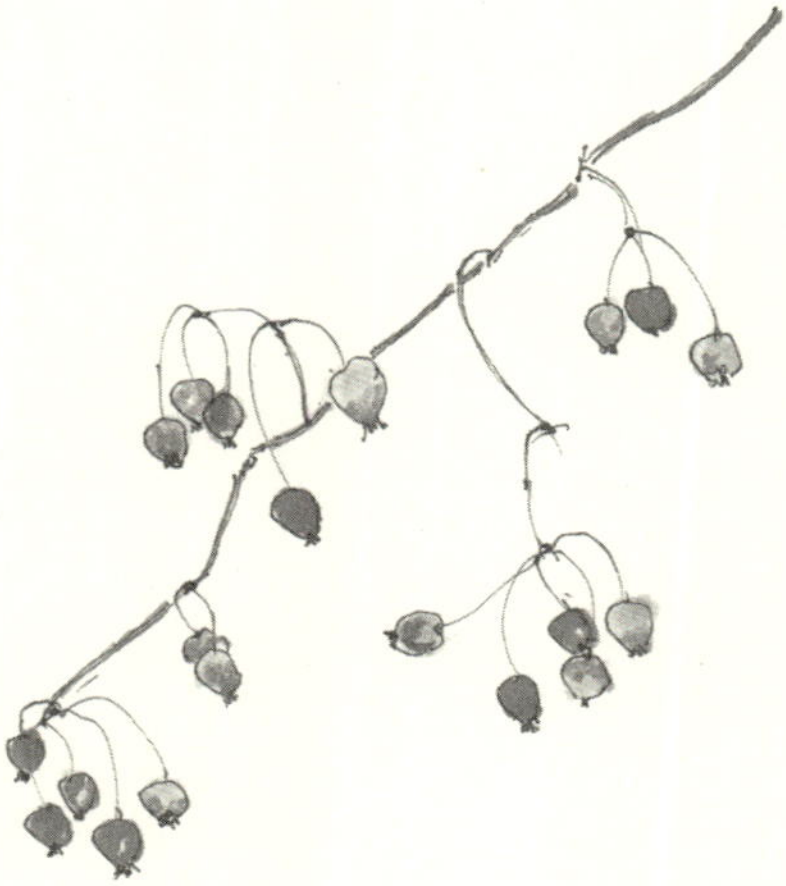

思い出の　おじいちゃま

わたしのだいすき　おじいちゃま
犬のサリーとの　おさんぽ
うんどう公園《こうえん》の　かけっこ
とってもとっても　たのしかったよ

スポーツだいすき　おじいちゃま
いのちのバトンを　うけついで
わたしもスポーツ　とくいです
これからずっと　がんばるよ

いつもやさしい　おじいちゃま
小さい時の　思い出は
いつになっても　わすれない
愛《あい》　ありがとう　おじいちゃま

（「こどものうた２０１４」より）
（この詩は２０１４年の童謡祭に八花らんま作曲川口京子歌で発表されました）

いのちがあるから

ある詩人が
息子に先立たれ
なげき悲しみながらも
いのちという　言葉があって
よかったといわれた

いのちがあるから
このような
悲しみもある

いのちがあるから
喜びもある
いのちがあるから
自分も大切に
人も大切にできるのだと

今日がいちばん若い日で

人はみんな
生れた時から
ゆるやかに
老いに向かって進んでいる

あしたより
今日がいちばん若い

年齢を宝と思って

生きている
このごろの私

自然のおきてにしたがって
老いることは
悲しみではない

どこまで進んでも
きょうの若さを
大切にしたい

バラのゆりかご

五月の風が
そよそよふくと
バラのお花は
ゆりかごになる
いいねいいね
ねんねのかえる
お花の中で
ゆらゆらゆれて

五月の風は
やさしい　かおり
かえるをつつむ
かあさんのにおい
いいねいいね
ちいさなかえる
きこえてくるよ
こもりうた

有終《ゆうしゅう》の美

屋根より高く伸びた泰山木《たいざんぼく》
家の増築のために移植する
枝をつめ　根もつめられて
移された泰山木
次から次へ　つぼみをつけ
咲かせに咲かせた大輪の白い花
あたり一面ふりまいた　やさしい香り

今までよりもずっと豪華に

咲き誇ったような泰山木
花が終ると　力尽きたように
日増しに萎れて
ついに枯れてしまった泰山木
この素晴らしい最後の演出
命の終りに気づいていたのだろうか

麦と風のうた

五月のさわやかな風が
麦畑を渡っている
ピーピー　ヒュー　ヒュー
ヒュウロ　ヒューウロ
風と麦で
吹奏楽の
演奏会をしている

風がさわさわ吹く度に

麦畑は　歌っている
ピーピー　ヒュー　ヒュー
ヒュウロ　ヒューウロ
自然の音楽
すてきだな
しっかり聞いておこう

ぴちぽちの会
作曲　小林　登

赤とんぼ

裏の畑で
赤とんぼが
群れをなして飛んでいる
何百匹もいるようだ
スイ　スイ　スイ　スイ
こんなにたくさん
どこから来たのだろう

よく見ると

赤とんぼは
飛んでいるのでなく
風に向かって浮いている
スイ　スイ　スイ　スイ
秋風をたのしんで
行く秋を惜しんでいる

蓮の芽生え

古代蓮の里の
みやげ店で買って来た
蓮の種　三粒

さっそく蒔くことにした
何千年の命を守った
種の殻は固い

蒔く時は殻にやすりで傷つけて　と

言われたが大変だった
ゴシゴシこすって
やっと　傷がついた

水の中に入れて
まだ日も浅いのに
もう緑が見えてきた

たのしみな古代蓮の芽生え
いつ花が咲くだろう

土用芽

春に植え替えした
柿の木
夏になっても芽が出なかった

がっかりしていたら
土用の今　芽が出て来た

昔から土用芽といって
梅雨明けに

出る芽がある

あきらめていた　木の芽に
出会えて嬉しい

枯れそうになっていても
土の下では生きるための
努力をしていたのだ
ありがとう

あとがき

お父さん

出会ったのは　村の小さな小学校
お互いの呼び名は
原田先生　吉田先生

戦後間もない　昭和二十年代
家の事情で進学出来なかった
原田先生は
働きながら大学の勉強をしていた

家庭に電話のない時代
心を伝えるのは手紙だけ
愛の心を手紙にたくして

苦学生の彼を応援した
彼は頑張って大学を卒業した

その後結婚　親になって子供と共に
呼び名が「お父さん」になった

私の住む行田市は、もと忍《おし》藩十万石の城下町で埼玉（さきたま）古墳群があり埼玉県名発祥の地と言われている。夫の父親は役所勤めで、行田市の前身忍町の時代に最後の町長をした。母親は仙台の伊達藩ゆかりの人で、お琴や和歌などたしなんでいた。

終戦までは坊ちゃん風の育ち方をした夫だったが戦争中役職をやった父親は公職追放、長兄のシベリア抑留などで収入の道を断たれ、進学校と言われる熊谷高校に学びながら、大学進学もままならず、苦学の道を選んだ。

その上二十歳の時には、父親が急死して絶望のさ中にあった。
そんな時私との出会いが、青春時代の心の救いになったという。私は農家の娘で養子で一人っ子。

その頃日本中が食糧難で、米作り農家は全盛時代だった。
苦学していた彼が大学を卒業する頃、祖父や養父母が小さな家を建ててくれた。

私たちはそこで新生活をスタートした。

昭和三十年代、子どもにも恵まれ、忙しい中にも、楽しい日々を過ごすことが出来た。

青年時代苦労した夫は酒も煙草も覚えなかったから、夕方は仕事が終ったらまっすぐ帰って、よく子供をお風呂へ入れてくれた。その時の会話が父と子の強い絆になった。家族みんなで庭を作ったり、お花を植えたり砂場を作ったり、何から何まで新鮮だった。

スポーツ好きの夫は地元の体協の会長や公民館の館長なども引き受けたりした。

この詩集には夫の晩年の事も書いてあるが、人が老いや死を迎えることは世の常のことで悲しいことではないと思いたい。夫がいつの日も真剣に全力で努力した姿を書き留めて夫への感謝にしたいと思った。

子供もみんな元気に育って親孝行してくれた。かわいい孫も見た。お母ちゃんも頑張って詩集も出した。

元気なみんなに囲まれて幸せだったと言い残して夫は、安らかに旅立った。

私は今、青春の日に彼が書き送ってくれた、手紙の入った包みを枕元に置いている。

彼がくれた六十年の純愛に報いるため、残された人生を大切に生きたいと念じながら。

お父さん、愛　ありがとう。

吉田房子

二〇一四年九月一五日

詩・吉田房子（よしだ　ふさこ）

1932年	埼玉県に生まれる
1971～95年	主婦の友通信教室でサトウハチロー、宮中雲子、若谷和子に師事
1975年	「埼玉のむかし話」（埼玉県国語教育研究会編）より、合唱組曲「おさきの沼」を作詩（大澤壯吉作曲）
1981年～	木曜会に入会 宮中雲子、宮田滋子に師事
1996年～	社団法人　日本童謡協会　入会
2007年	埼玉県立寄居城北高等学校校歌作詩（大澤壯吉作曲）
2008年	詩集『大地はすごい』（銀の鈴社）
2011年	第27回三木露風賞入賞
2013年	詩集『まわしてみたい石臼』、『花詩集』、『ゆりかごのうた』（銀の鈴社） 現在、年刊童謡詩集「子どものうた」、「子どものための少年詩集」、「ポエムアンソロジー」、インターネット木曜手帖などに作品を発表している

銀鈴詩集
お父さんの心の庭―夫として 父として―
二〇一四年一一月二三日 初版発行
定価：本体一、八〇〇円＋税
著 者 吉田房子© 阿見みどり／絵©
発行者 柴崎聡・西野真由美
発行所 銀の鈴社
〒248-0005 神奈川県鎌倉市雪の下3-8-33
TEL 0467-61-1930 FAX 0467-61-1931
http://www.ginsuzu.com
E-mail info@ginsuzu.com
印 刷 電算印刷／製 本 渋谷文泉閣

ISBN 978-4-87786-392-0 C0092
NDC911